ÉDOUARD BODIN

LA PLAINTE

POÉSIES

FAC ET SPERA

PARIS

ALPHONSE LEMERRE, ÉDITEUR

27-31, PASSAGE CHOISEUL, 27-31

—

M DCCC LXXIX

LA PLAINTE

A. Quantin imprimeur
St Benoit 7 à Paris

ÉDOUARD BODIN

LA PLAINTE

·POÉSIES

Toujours dans notre cœur sentir un Dieu mourir.

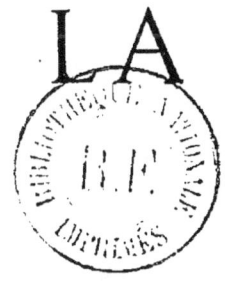

PARIS

ALPHONSE LEMERRE, ÉDITEUR

27-31, PASSAGE CHOISEUL, 27-31

M DCCC LXXIX

AVERTISSEMENT

L'auteur des vers suivants a foi dans la liberté humaine, et dans l'étrange puissance que cette liberté confère. Il se garde toutefois d'espérer que, par le lent progrès dû à des efforts voulus, l'homme puisse jamais parvenir à calmer cette passion de l'infini qui le brûle si douloureusement. Non, il admire le progrès et ses merveilleuses promesses; il applaudit à la beauté d'une telle audace : les héros sont dignes de l'épreuve qu'ils tentent; mais il ne se fait pas illusion sur la vanité finale de tant de courage. Il croit qu'emportés par la fougue des espérances, bien des esprits s'abusent généreusement sur le résultat en lui attribuant d'avance la valeur surhumaine qui marque la tentative. Malheureusement, rien ne peut être changé à l'âme; on peut lui imprimer, — comme à toute force — une autre direc-

I

tion, mais voilà tout. C'est ainsi que l'homme a transformé cette terre où il marche ; il y a creusé des canaux, élevé des tours, renversé des collines, aplani des vallées ; il a emprisonné les eaux dans ses bassins, les vents dans les voiles de ses navires et de ses moulins, l'air et le soleil dans ses demeures et ses temples. Tout le terrestre s'est altéré et changé, mais l'azur est resté toujours aussi profond et aussi serein sur nos têtes, et de même l'âme est demeurée aussi divine et aussi impuissante.

L'auteur s'excuse de mettre ces idées sévères au-devant de ce petit livre, mais il estime que la poésie a précisément pour mission de traduire et d'interpréter cet immuable sentiment de l'infini partout où il se rencontre, qu'il monte de l'âme comme une plainte, ou de la nature comme un parfum. Peut-être un jour sera-t-il désabusé de cette croyance par une plus longue expérience de la vie, et convaincu du néant de tout, comme tant de devanciers qui se mirent en route avec un chant sur les lèvres, et qui au milieu de la vie cheminaient déjà pleins du silence de la mort. Au moins pourra-t-il alors se consoler par l'évocation de son passé, et se rappeler ce premier rêve de l'idéal aussi cher à l'intelligence que l'est au cœur un amour de jeunesse.

E. B.

Paris, décembre 1878.

LA PLAINTE

L'APOTHEOSE

La brume lentement quittait la terre grise
Dont le jour déchirait le chaste vêtement,
Comme un voile de lin détaché par la brise
Découvre un sein de vierge aux baisers d'un amant.

La joie immense entrait dans l'immense nature.
Tout riait, tout était rayon, parfum, splendeur.
On eût dit que, porté par une aube plus pure,
Sur le monde venait se poser le bonheur.

La lumière éclatait plus blanche et plus ardente
Sur les flancs embaumés de l'univers béni,
Faisant frémir au vent sa ceinture tremblante
Qui dans ses plis d'azur enlaçait l'infini.

Un indicible amour s'exhalait de chaque être
Comme un parfum de vie au fond de tout caché.
La Terre avait l'éclat de ce qui vient de naître
Et flottait dans le ciel autour d'elle épanché.

Dans l'âme virginale une fraîche pensée
Se déposait parmi les dernières douleurs,
Comme une goutte claire et pure de rosée
Tombe dans le calice à demi clos des fleurs.

Tout s'éveillait : surpris par l'œil vif de l'aurore,
Les songes s'envolaient pour ne plus revenir,
Et malgré la beauté du ciel qui se colore
Le cœur se sentait triste en les voyant partir.

Sous les bois s'égaraient de plus molles haleines ;
Les monts se revêtaient d'un manteau plus soyeux ;
Des gerbes de lueurs s'allumaient sur les plaines,
Et tout était splendide, et tout était heureux !

Ce matin-là, les fleurs s'étaient faites plus belles.
Le printemps se berçait, suave de bonté,
Comme un papillon d'or sur les roses nouvelles.
L'homme avait le frisson de l'immortalité.

Des concerts bruissaient au long des jeunes fleuves,
Plus sereins, plus pieux, sur le flot plus doré.
La chanson des oiseaux avait des notes neuves.
L'espoir emplissait tout d'un murmure sacré.

La forêt se faisait plus verte et plus sonore.
Le ciel resplendissait et se faisait plus bleu,
Le jour était plus clair et plus douce l'aurore.
Et tout était plus beau, car tout était plus Dieu.

DANS LES FORÊTS

Ma foi ! j'aimerais mieux être fou que trop sage,
Plus Scythe et plus barbare et moins Parisien,
Et je pense souvent au temps, hélas ! ancien
Où l'on vivait sans lois et sans aréopage,
Car on était heureux quoique l'on n'en sût rien.

L'homme alors librement marchait dans la nature.
Le vent salé des mers baisait ses longs cheveux,
Et les bois frémissants recueillaient ses aveux.
Il admirait le ciel autrement qu'en peinture,
Et sans courber le front il parlait aux grands Dieux.

Une extase enivrante échauffait la pensée :
La vie était superbe et le monde était beau.

Mais ce monde a croulé sous un souffle nouveau ;
L'idéal a quitté cette terre glacée,
Et ses fils aujourd'hui naissent dans un tombeau.

Froids et bâillants autant qu'un Anglais en voyage,
Nous traînons par la vie un ennui sans grandeur.
Nous ne sentons plus rien gémir dans notre cœur.
La basse indifférence a tué le courage,
Et personne de nous n'est fier de sa douleur.

Nous tenons lâchement nos passions en cage,
Et nous les affamons pour les faire rugir.
Notre vertu s'endort et ne sait plus haïr.
L'homme est blasé sur tout et se dit qu'il est sage
Parce qu'il a vingt ans et n'a pas un désir.

L'amour même, l'amour ne fait plus de folies.
Les pieds blancs du charmeur sont liés et vaincus,
Et de peur que le vent des rêves inconnus
N'emporte les serments sur nos lèvres salies,
Nous faisons nos aveux entre deux sacs d'écus.

Si nous avons parfois quelque caprice étrange,
Nous allons, pour calmer notre soif d'infini,

Dormir sur deux seins nus dans un hôtel garni.
A quoi bon l'idéal? N'avons-nous pas notre ange
Que nous louons au mois et qui dit : Mon ami !

Oh! qu'avons-nous donc fait pour mériter de naître
Dans une nuit d'angoisse et du sang d'un vieillard?
Toute jeunesse tombe et se perd au hasard.
Hélas! il est donc vrai que l'homme seul est maître,
Et que Dieu n'est plus là pour mener son bâtard.

Celui-là reste grand qui reste fier et sombre
Dans l'orgueil de son rêve et de sa liberté,.
Et, gardant à son cœur son austère beauté,
Comme un Dieu virginal qui songe, assis dans l'ombre,
Pour aimer dignement attend l'éternité.

LE VIEUX DONJON

Maintenant qu'il s'endort de l'éternel sommeil,
La nature a paré comme aux jours de jeunesse
Ses vieux murs décrépits d'un éclat de soleil,
Et posé sur son toit qui luit haut et vermeil,
Des fleurs, comme une chaste et mourante caresse.

Elle a tout oublié, les crimes et le sang,
Car elle est la douceur du printemps et des roses,
Et, bonne et généreuse, elle laisse en passant,
Sur le vieux donjon mort où son pardon descend,
Tomber de frais parfums hors de ses mains décloses.

1.

Les saules sur les tours se penchent éplorés. —
Paix au cadavre qui dort ainsi sous les branches,
Sous les buissons fleuris, sous les lierres sacrés,
Sous les larmes d'argent des lis enamourés,
Et le linceul d'azur des rêveuses pervenches!

AU POÈTE

Comme un soleil, autour des divins paradis
D'où sur l'immensité luit l'idée éternelle,
Ta pensée, échappée à l'entrave charnelle,
Gravite sans avoir de soirs ni de midis.

La Terre est sous tes pieds comme une coccinelle.
Tu planes au-dessus des mondes engourdis.
Les Cieux se sont ouverts et se sont agrandis,
Et leur beauté flamboie au fond de ta prunelle.

O poète, est-il vrai que dans cet infini
Où la pensée humaine à l'abîme s'unit,
L'âme à l'âme réponde, et que quelque Dieu t'aime?

Et ne te faut-il pas, stoïque et toujours seul,
De ton fier désespoir te faisant un linceul,
Mourir, à ton génie en criant : Anathème ?

LE SACRE

SYMPHONIE

A Sully-Prudhomme.

Le bois sur qui l'orage aujourd'hui fulmina,
Et qui tantôt chantait comme une âme mystique
Où tout le bruit humain se change en hosanna,
A tu sous les éclairs l'orgueil de son cantique.

Ses oiseaux effarés ont déserté leurs nids,
Et cherchant dans la plaine un abri plus tranquille,
Ils ont porté leur rêve et leur deuil de bannis
Partout où l'ombre entr'ouvre à l'amour un asile.

Sa joie est dispersée au gré des vents moqueurs.
Les arbres dont la foudre a fait courber les cimes
Ont l'air de supplier les dieux, ces froids vainqueurs
Qui veulent des amants et n'ont que des victimes.

L'homme s'est détourné loin du chemin frayé,
Et lugubre apparaît le grand bois solitaire,
Comme un cœur par l'extase ou la mort foudroyé,
Qui se ferme à jamais aux amours de la terre.

Car tel est le destin de celui que le Ciel
Consume éperdument de caresses divines :
Le feu brûle en tombant le prêtre sur l'autel ;
Ta grandeur, ô génie, est faite de ruines.

CRI VERS LA LUMIÈRE

O mont que les brouillards revêtent de leurs voiles,
Dresse superbement ton front jusqu'aux étoiles.
Laisse la lourde nuit sur tes flancs lumineux
Ramper comme un serpent s'allonge autour d'un arbre;
Laisse l'ombre ternir la splendeur de tes yeux
Et la virginité de tes beaux seins de marbre.

Laisse venir à toi les insultes d'en bas.
Quand un homme blasphème, un Dieu n'écoute pas.
L'outrage doit monter, ô géant, pour t'atteindre.
Qu'un mépris souverain veille à tes fiers sommets ;
Qu'il soit là, comme un roi doux et fort, sans rien craindre,
Et laisse ta colère endormie à jamais.

Sois patient. Renferme en ton âme muette
Ton hymne qui faisait croire au chant d'un poète
S'envolant tout à coup sous une haie en fleurs.
Sur tes bois qui sonnaient une claire fanfare
Jette un silence obscur, et que les voyageurs
S'y perdent comme aux mers où ne luit point de phare.

Attends une aube encor. Les vents libérateurs
En frémissant d'amour courront sur tes hauteurs.
Ils viennent des pays d'où le soleil se lève,
Où les cygnes d'argent sur les grands fleuves bleus
Passent en murmurant, suaves comme un rêve
Qui monte de la terre et s'en va vers les cieux !

Ils viennent, devant eux chassant les nuits sauvages
Comme on voit en hiver tournoyer sur les plages,
Affolés et grondants, les flots que sous son fouet
La bise fait cabrer et bondir vers la nue.
— Un rayon déliera ce que l'ombre nouait,
Et ta cime, ô grand mont, paraîtra blanche et nue.

Vol obscur de hiboux qu'effare une lueur,
Au loin, au loin fuira devant le clair vainqueur
L'essaim tumultueux des ténèbres maudites.

La lumière sacrée oindra ton faîte blanc,
Et le chœur suspendu de tes voix favorites
Reprendra sous les bois ton hymne étincelant.

Dans les tiédeurs d'avril, de dessous les nuées
Tu ressusciteras tes fleurs exténuées.
L'hiver dompté fait place au printemps qui le suit.
Bientôt, vers tes sommets flambants de pierreries,
O géant de granit, par un parfum séduit,
Fumeront les légers encensoirs des prairies.

Là-haut, immaculés dans leur splendide azur,
Tels qu'une âme de vierge où tout est frais et pur,
Tes glaciers renaîtront à leurs anciennes gloires,
Et comme l'idéal reluit sur le réel,
Sur la plaine embrumée et sur ses cités noires
Ils renverront les feux qui leur tombent du ciel.

Le soleil a maudit les brumes sacrilèges.
Une clarté nouvelle ondoiera sur tes neiges,
Et tu resplendiras comme un Éden divin.
Debout dans la limpide et profuse lumière
Qui pleut en gouttes d'or des sources du matin,
Tu seras un autel d'extase et de prière.

Et les hommes pieux, les poëtes sacrés,
Tous par l'esprit élus, graviront tes degrés ;
Et dans la majesté de ta gloire féconde,
O toi sur qui descend l'auréole de feu,
Tu seras, au-dessus des ténèbres du monde,
Le Thabor éternel où l'homme se fait Dieu !

PRINTEMPS RAVISSEUR

Au bout des rameaux les lilas suspendent
Les premiers parfums de leurs jeunes fleurs,
Et dans l'air plus bleu les chansons s'épandent
Comme sur les prés la rosée en pleurs.

Les grands lis penchés sur l'eau qui chatoie,
Bercent longuement leur songe amoureux,
Une volupté chaude et neuve ondoie
Sur le sein tremblant des monts vaporeux.

Tout être s'allume, et se précipite
A l'air, au soleil, à la vie, à Dieu.

Mais moi, triste et seul, mon cœur bat moins vite,
Et mon âme éteint ce qu'elle a de feu.

O Printemps, joyeux fiancé qui chante,
Toi que la nature attend en rêvant,
As-tu pris mon cœur et mon âme ardente,
Et les laisses-tu flotter dans le vent ?

LES ZINGARI

Ils n'ont pas fait enjeu du legs de leurs ancêtres.
Ils maintiennent leur foi vierge, et restent les prêtres
   Des primitives libertés,
Sans hymnes que les saints et vieux chants populaires,
Sans églises que les bois dix fois séculaires,
   Et sans flambeaux que les étés.

Ils prennent en pitié vos châteaux et vos villes.
Vivre entre quatre murs rend les âmes serviles.
   Eux vont et viennent. C'est leur droit.
Barbarie ! écrit l'un. Folie ! exclame un autre.
Qu'importe ! — Puisque leur Dieu se passe d'apôtre,
   Ils peuvent se passer de roi.

Votre bourdonnement de mouches les écarte.
Le monde est leur patrie et l'honneur est leur charte.
    Leur caprice est un jeune fou.
Ils mènent à leur gré leurs noires caravanes,
Émigrant des frimas aux brûlantes savanes,
    Et se gorgeant d'air à leur soûl.

Leur vague fantaisie un peu partout s'amarre.
Ils campent dans le coin d'un bois, près d'une mare,
    Sous un saule qui forme auvent.
On dirait qu'un Génie est là qui les accueille.
Et cependant ils sont ce qu'est l'homme : une feuille
    Que pousse et chasse un peu de vent.

Mieux qu'à vous qu'a flétris une immonde fatigue,
La forêt généreuse et riche leur prodigue
    Le trésor de ses flamboiements.
C'est pour eux que le fleuve agite ses cent urnes,
Et que les prés, tachés de grands bœufs taciturnes
    Exhalent leurs parfums calmants.

Ils errent sur les monts et les pentes neigeuses.
Ce sont les compagnons des Saisons voyageuses.
    Et quand l'Été part en exil

Avec sa folle cour de folles hirondelles,
Ils restent les derniers et plus fervents fidèles
      De la gloire éteinte d'Avril.

Sous l'horizon qui s'ouvre ainsi qu'une grande arche,
Ils poursuivent sans fin leur vagabonde marche
      Par les déserts ou les cités.
Rien ne peut les séduire : ils ont le sang des marbres.
Ils dédaignent vos toits et dorment sous les arbres,
      Toujours libres dans leurs fiertés.

Agitez-vous ! Dorez vos prisons et vos temples,
Semez royalement de splendides exemples.
      Illuminez tous vos palais !
Drapés dans les longs plis bruns de leurs houppelandes,
Ils préfèrent rêver, seuls la nuit dans les landes,
      En regardant les feux follets.

Mais ne les chargez pas d'inutiles injures,
Car ils vous répondraient que vous êtes parjures
      Aux croyances de vos aïeux.
Ils vous rappelleraient les hauts plateaux d'Asie,
Et les temps où coulait la saine poésie
      Dans vos veines de demi-dieux.

Vous avez pris la plaine, ils ont gardé l'espace.
Ils ne s'égorgent pas pour un pieu qu'on déplace,
       Et l'arc-en-ciel est leur drapeau.
La ceinture des mers est leur seule frontière.
La terre est grande et large ; ils ont la terre entière,
       Et vous, votre parc de troupeau.

Au hasard sous leurs pas éclatent des prodiges,
Et des astres, parés d'éblouissants prestiges,
       Leur font signe du haut du ciel.
Vous ne les retiendrez pas plus que les nuages.
La Nature est un Dieu toujours naissant : les mages
       Vont au Bethléem éternel.

LA DUNE

A François Coppée.

Devant la mer qui toujours tonne
La froide dune étend sans fin
La stérilité monotone
De ses landes de sable fin.

Rien ne rompt cette solitude.
Presque enfouis, quelques ajoncs
Se résignent au souffle rude
Des grands ouragans furibonds.

Mais parfois, de l'hiver sauvée,
Au large où la mer touche aux cieux
S'envole une douce couvée
De blancs goëlands radieux.

C'est le rare salut de joie
Et le seul souhait de bonheur
Que la dune sauvage envoie
A l'immense Océan rêveur.

Hélas! ainsi l'âme est glacée,
Mais parfois l'amour fait son nid,
Et quelque joyeuse pensée
Prend son essor vers l'infini.

L'APPARITION

Jusque dans les déserts des grands cieux profanés,
S'efforçant vers l'azur montait la forme étrange.
Son front vague ondoyait dans un jour sans mélange,
Mais ses pieds lents et lourds à la terre enchaînés
Piétinaient sur le sol dans un cercle de fange.

De bleus éclairs, tombés hors de leur nid fumant,
Du bout de leurs rayons fouillaient la brume obscure
Qu'entre les pieds boueux et la claire figure
Faisait tourbillonner un immonde ferment,
Ainsi qu'un ventre où bout une ardente luxure.

Mais, si vermeil qu'il fût, chaque éclair s'éteignait
Au fond de cette nuit faite de chair tremblante,
Et sous les pieds meurtris par l'entrave accablante
Une blessure neuve à chaque effort saignait : —
La tête seule était au loin étincelante.

L'immense prisonnier était droit dans ses fers.
Sur son crâne un soleil planait comme auréole;
Et quand sa voix tonnait, dans sa forte parole,
Malgré les désespoirs et les tourments soufferts,
La pensée abondait joyeuse et presque folle.

Et je criais aux vents qui volaient sur les monts :
« Expliquez-moi cet être, et sa fin, et sa cause.
Quel est-il pour qu'un astre ainsi sur lui se pose?
S'il s'élève vers Dieu, sort-il donc des démons?
Est-il damnation, ou bien apothéose? »

Mais les vents se taisaient, et rien ne répondait
Quand l'horizon s'ouvrit comme un vaisseau qui sombre.
Et j'aperçus au fond une énorme croix sombre
Qui de la Terre au Ciel superbement montait :
Alors, je reconnus, les pieds cloués dans l'ombre,

Le grand crucifié, l'Homme, droit sous les cieux.
Je ne sais quel bourreau se faisait une fête
De le navrer ainsi d'une horrible tempête,
Mais comme je sentais des pleurs mouiller mes yeux,
Je passai mon chemin en détournant la tête.

FLOS MORIENS

Larme de neige ou perle blanche,
Lueur d'étoile ou d'ostensoir,
Très pâle est la fleur qui se penche
Là-bas dans la poupre du soir.

Pour la caresser sans secousse
Ou la réchauffer sans danger,
Il n'est plus d'haleine assez douce
Ni de rayon assez léger.

Et pourtant, quand sur la vallée
Comme un astre à son orient,

Derrière la brume envolée
Apparut l'Été souriant,

Qui fut plus joyeuse et plus belle?
Pauvre rose à qui l'air est lourd
Et qui rêvait d'être immortelle
Pour avoir aimé tout un jour.

Coupe ardente et pleine de fièvres,
Son frêle calice nacré
A versé sur toutes les lèvres
Quelques gouttes du vin sacré.

Nul ne lui disait que l'aurore
Se fane dans un ciel trop bleu,
Et que le songe s'évapore
Quand il approche trop de Dieu.

Elle laissa sur chaque brise
Partir son amour embaumé.
Feuille à feuille le vent l'a prise :
Elle meurt d'avoir trop aimé.

LES POÈTES

A Mme *Amélie Ernst.*

Ils sont venus avec les haleines des roses,
Avec les frais rayons des matins printaniers,
Avec l'azur qui flotte au bord des cieux altiers
Comme le songe autour des âmes demi-closes.

Du céleste idéal vers les mondes maudits,
Ils sont venus, portés par le souffle des brises,
Semant l'espoir doré parmi nos brumes grises,
Et pour les malheureux créant des paradis.

Ils sont venus..... Les chants d'oiseaux étaient sonores
Dans les bois où passaient tous ces charmants rêveurs,
Et les Esprits de l'air, pour fêter leurs chanteurs,
Posaient au front du ciel leurs plus belles aurores.

Les bises suspendaient leurs sauvages discours,
Ou se réfugiaient au creux noir des cavernes,
Et les forêts, laissant leurs chants vieillis et ternes,
Reprenaient l'hosanna des premières amours.

Toute voix acclamait ces envoyés des nues
Qui descendaient ainsi sur les rayons d'été.
Leurs faces où brillait un air de majesté
S'éclairaient par instants de lueurs inconnues,

Et l'on voyait au fond des âmes sans détour
Transluire la beauté de leurs chastes pensées,
Comme un chœur ondoyant de blanches épousées
Qu'inonde tout à coup un flot nacré de jour.

La splendide nature était joyeuse comme
Une vierge qui vient de baiser son amant,
Et sa voix qui tremblait d'un long ravissement
S'élevait dans l'espace avec la voix de l'homme.

Les fleurs, penchant partout leurs seins immaculés
Sur les sentiers qu'emplit la lumière vermeille,
Au passage miraient leur œil qui toujours veille
Dans les yeux rayonnants des poètes aimés.

Car on les aimait bien, ces doux et blonds poètes,
Qui nous parlaient du ciel, de l'amour et de Dieu.
L'infini bouillonnait dans nos veines en feu.
Nous étions les croyants, eux étaient les prophètes.

Sur les lèvres couraient des mots inattendus,
Fragments inoubliés d'un vieil hymne de gloire,
Et chaque être écoutait parler dans sa mémoire
Le fantôme adoré de ses bonheurs perdus.

*

O poètes, soyez bénis, vous dont les âmes
S'ouvrent en gémissant à toutes nos douleurs,
Vous qui venez vers nous comme ces saintes femmes
Dont la main essuya le front du Christ en pleurs.

Ah ! quand nous nous sentons frappés d'un mal étrange,
Qu'un souffle de tempête émeut tout notre cœur,

Quand sous la brute en nous soudain s'éveille l'ange,
Et qu'un remords divin nous fait croire au bonheur ;

Quand sous le large azur où les soleils sans nombre
Roulent l'éternité de leurs globes errants,
Nous nous tordons les bras dans un coin de notre ombre,
En maudissant le Dieu qui nous a faits si grands ;

Alors, vous nous montrez, ô poètes, nos frères,
Les champs dorés d'épis et les bois pleins d'oiseaux,
Les grands monts éclatants comme des luminaires,
Et les lacs endormis sous la nuit des roseaux ;

Et nous nous fiançons à la jeune nature,
Notre sang se ravive à sa virginité. —
En passant sur les mers l'amour humain s'épure,
Et le jour de notre âme, ô Ciel, est ta clarté.

*

O poètes, allez vers tout être qui souffre,
Vers les fleurs sans amour et les hommes sans foi,
Soyez l'étoile d'or planant sur chaque gouffre,
Apaisez toute haine, et calmez tout effroi.

Dans les lotus tremblants qui neigent sur les fleuves,
Comme un pollen doré déposez vos amours.
Déployez vers le ciel vos âmes toujours neuves,
Et baignez vos yeux bleus dans les splendeurs des jours.

Faites frémir les mers sous vos pieds, et, superbes,
Debout sur les rochers comme des enchanteurs,
Malgré l'écume qui vous frappe de ses gerbes,
Évoquez l'ouragan et ses grands vents hurleurs.

Plus légers qu'un pétrel envolé loin des grèves,
Parmi les longs sanglots des airs tempêtueux,
Poursuivez sous la pluie et l'ombre tous vos rêves,
Sans vous bercer au bruit des flots voluptueux.

Soyez forts et hardis. — Secouez sur le monde
Le brandon flamboyant de l'idéal sacré.
Que la Terre, chassant son cauchemar immonde,
Entre, la joie au front, dans l'Éden espéré !

Qu'il se répande comme un vague bruit de fêtes
A l'horizon où l'aube ouvre un coin du ciel bleu,
Et qu'on voie au lointain passer tous les poètes,
La lyre en main, menant l'humanité vers Dieu !

RÊVE

Si j'étais un oiseau, je parcourrais les plaines
D'un coup d'aile, et frôlant la cime des forêts,
Avec tous les soupirs et toutes les haleines,
Sur les champs et les mers je me balancerais.

Si j'étais un nuage, errant et seul, sans haines
Et sans amours comme un songe divin, j'irais
Au-dessus des douleurs et des plaintes humaines,
Épanchant sur le monde un peu d'ombre et de paix.

Si j'étais un parfum, vers le ciel large et libre,
Vers l'espace où jamais rien de mortel ne vibre,
Je partirais, ô Terre, en te disant adieu.

Si j'étais un rayon, je fuirais sur l'aurore,
A travers l'infini, plus loin, plus loin encore,
De soleil en soleil, et j'irais jusqu'à Dieu !

A DES HIBOUX QUI PLEURAIENT

*

Hiboux, vous qui vivez d'ombre, dormez en paix
Au creux des aunes noirs et des chênes épais
Car la lumière monte aux collines lointaines.

Les premières lueurs voltigent sur les prés,
La nuit s'évanouit, et sous les bois dorés
L'aube blanche se mire au flot blanc des fontaines.

Elle vient, épanchant son urne de rayons
Sur les pins des coteaux et les blés des sillons.
Elle se donne à tous, aux fleurs, aux hirondelles,

Aux aigles des glaciers comme aux bouvreuils des champs.
Son sourire pardonne aux cœurs les plus méchants,
Et le monde baigné par les clartés nouvelles

Qui débordent partout des cieux enfin ouverts,
Promptement oublieux des maux qu'il a soufferts,
Dans l'azur baptismal plonge et se purifie.

O Dieu ! les horizons s'abaissent tour à tour,
Et l'âme, où plus de joie entre avec plus de jour,
Semble sortir du rêve et s'éveille à la vie !

*

Le feu, veilleur céleste, arrache au noir sommeil
Les nuages rougis par son éclat vermeil,
Et tous, des quatre coins d'où le vent souffle et chante,

Unis par la lumière, et tels qu'un vol de saints
Qui tend au plus haut ciel en mêlant ses essaims,
Sous l'horizon qu'au sud la lune encore argente,

Ils s'en vont, ils s'en vont, poussés on ne sait où,
Dans cet air où l'Esprit délire et devient fou,
Vers l'éternel bonheur et l'éternel mystère.

Et tandis que là-haut ces étranges passants
S'acheminent parmi l'harmonie et l'encens
Sous des chapes dont l'or ruisselle sur la terre,

Plus bas, sur les coteaux, puis de là dans les bois,
Et, se glissant le long des rugueuses parois,
Jusqu'au fond des ravins et jusqu'au fond des gorges,

Le jour est descendu, le doux vainqueur aimé;
Et Midi qui s'allume au zénith enflammé
Lui fond un diadème aux brasiers de ses forges.

L'air vibre sous les cris des insectes chanteurs.
Là-bas, dans les jardins diaprés de corolles,
Tremblent des papillons et volent des senteurs.

Il erre vaguement un doux bruit de paroles.
Il semble qu'au lointain un ange ait répété
La bénédiction que Dieu donne à l'été.

Car chaque être redit en y mettant sa joie
Le gracieux verset qui lui parle d'amour,
Et la brise et la fleur s'accouplent dans le jour.

Une immense douceur sur la forêt ondoie :
De la mousse au sapin, et du chêne au roseau,
La lumière s'envole et court comme un oiseau.

On dirait que la Terre aujourd'hui même achève
Par le fécond travail de l'épuration
La splendeur brute encor de la création.

Sur le lac qui sommeille et sur le mont qui rêve,
Sous un brouillard d'azur un pas semble glisser,
Et quelque chose dit que Dieu vient de passer !

*

Vous qui pleurez ainsi dans vos nuits sans étoile,
O vous, les malheureux que la douleur envoile,
Suppliants que le sort chasse du temple où rit

La jeune volupté des êtres et des choses,
Et qui n'avez connu les parfums et les roses
Que dans le rare songe où s'endort votre esprit,

Soyez bénis, soyez aimés, car si le monde
Comme une âme divine où toute joie abonde,
En fête autour de vous, ne sait si vous pleurez,

Au moins quelque convive est là qui se recueille,
Et s'arrachant du front sa couronne, l'effeuille
Sur vos fronts de Caïns, ô pauvres éplorés !

LA FIN

La chair s'est déchirée, et l'âme se dégage ;
La vie est remontée au ciel bleu des oiseaux,
Mais le sang sur le sol atteste le carnage,
Et l'odeur de ruine emplit jusqu'aux berceaux.

De l'homme que la mort a surpris au passage
Comme un brigand caché la nuit sous les roseaux,
Que reste-t-il, qu'il fût humble ou grand, sot ou sage,
Sinon un peu de boue autour de quelques os ?

L'homme meurt, un cercueil s'ouvre, un cadavre y tombe.
Puis, plus rien. — Un cyprès de plus sur une tombe,
Un peu de cendre à joindre aux cendres des vieux morts,

Pour le soleil, un peu moins d'ombre sur la terre,
Pour le monde qui souffre, une douleur à taire,
Pour Dieu qui dort, un songe, ou peut-être un remords.

LES DEUX FOULES

D'où venez-vous ? —

                 D'en haut. Nous étions les clartés
Dont les mois du printemps tissent l'or des étés.
De deux esprits unis par l'amour naît un rêve
Si beau, si lumineux qu'un dieu même l'achève.
Nous étions cet azur où tout être finit,
Nous étions l'idéal, nous étions le zénith.
Tous les astres montaient vers nous, et les étoiles
Déchirant sur leurs seins la pourpre de leurs voiles,
Dans nos douces splendeurs baignaient leurs chairs de feu.
Comme un ciel plus subtil au lointain luit plus bleu,
A l'œil plus clairvoyant nous étions plus sensibles;
Mais nos secrets destins, mots incompréhensibles

A tous les auditeurs du grand hymne idéal
Qui chante là-haut comme un bois en floréal,
Pareils à des Isis de mystère vêtues,
Ont gardé l'éternel silence des statues.
Rien ne nous émouvait que notre volonté.
Nous allions vers la rose ou vers l'astre enchanté ;
Partout où se faisaient des fêtes de lumière,
Sur les arcs triomphaux ou dans l'humble chaumière,
Nous accourions, mêlant notre joie au bonheur
Qui s'épanouissait dans les songes en fleur.
Aussi purs que la neige et que le sein des vierges,
Descendus des soleils ou descendus des cierges
Et posés sur la pourpre ou bien sur les haillons,
Dieu nous nommait la foule heureuse des Rayons !

Qu'êtes-vous maintenant ? —

                          Des gouttes de rosée
Que sèche sur les fleurs une haleine embrasée,
Des nuages battus par des vents furieux,
Des pèlerins sans foi, sans amours et sans dieux,
Qui marchent tristement vers la mort, car nous sommes
La foule des errants qu'on appelle les Hommes.

MARÉE

La mer s'enfle, le flux arrive,
Et, s'épanchant sur les relais,
Se rue à l'assaut de la rive
Dans un cliquetis de galets.

Mais sur le flot large et sonore
— A mesure que l'eau gravit, —
La barque monte et monte encore,
Et, quand tout est noyé, survit.

Ainsi, quand la douleur assiège
Et menace mon cœur trop bas,
Un courage divin m'allège :
Je monte et ne recule pas.

Toujours vainqueur, si rude rage
Que le sort ait à mon endroit,
Je commande en maître à l'orage,
Et sous l'éclair je me tiens droit.

LA MORT DE L'ÉTÉ

Voici l'automne. Le ciel bleu
Où l'été posait un sourire,
Déjà voilé, semble me dire
En mourant son dernier adieu.

Lui que mon ardente jeunesse
Caressait de son fol amour,
Devant qui je priais le jour
Comme au soir devant ma maîtresse;

Lui si serein, si bon, si doux,
Qui gorgeait mes désirs avides
De ces larges songes splendides
Que l'on contemple à deux genoux;

Lui que j'aimais, calme et superbe,
Faisant courir son bleu regard
A travers l'espace hagard
Du faîte des monts au brin d'herbe ;

Il est triste et pleure, en songeant
A sa gloire sitôt flétrie,
Que le vent du nord injurie
Et que couvre un deuil outrageant.

Naguère, il était tout en joie,
Et les rêves de l'idéal
Autour de son front virginal
Accouraient emmêler leur soie.

Dans l'éther où parlaient des voix
Flottait une musique étrange ; —
On aurait vu passer un ange,
Tant l'azur était clair parfois.

L'automne aujourd'hui met son ombre
Où le printemps mit sa clarté :
Le ciel gémit sur sa beauté
Souillée ainsi par la Nuit sombre.

Morne, sans parfums, sans rayons,
Patient de tous les outrages,
Il livre aux ouragans sauvages
Sa tunique d'or en haillons.

Un coup de vent suprême emporte
Le souvenir de son bonheur,
Comme une dernière senteur
S'enfuit d'une corolle morte.

Déjà la brume est sur ses yeux,
Mais son cœur tremble et bat encore. —
O mon idéal que j'adore,
Je te rendrai l'été des dieux !

Je te rendrai le large espace
Où tu peux déployer sans fin
La robe d'azur du matin,
Devant le rêve humain qui passe.

Sur le lourd nuage qui fuit
Fondra mon ardente pensée,
A travers l'infini lancée
A la poursuite de la nuit.

Elle brûlera tous tes voiles,
Et, héraut immortel des soirs,
Sous leurs funèbres linceuls noirs,
Elle éveillera tes étoiles.

Puis, quand tu paraîtras, éclair
De joie, ô ciel d'Été splendide,
Elle ira, tremblante et candide,
Mettre un baiser sur ton front clair !

LE PROPHÈTE

Les loups hurlent; leur haine à te suivre s'acharne.
Ta poitrine où l'esprit presque divin s'incarne,
Mise à nu, saigne à flots sous leurs longs crocs rougis.
Ils ont rompu les murs de ton croulant logis,
Défoncé ton toit frêle, et renversé dans l'âtre
La flamme où tu chauffais tes deux mains comme un pâtre.
Devant eux maintenant ils te chassent, hargneux.
Parfois, ton œil leur lance un éclair dédaigneux,
Mais c'est tout ce qui sort de ta fierté muette.
Ensemble vous allez, et rien ne vous arrête,
Eux haletants, toi calme en ta force de dieu,
Sans lune qui te luise et t'encourage un peu,

Dans un désert coupé de ravines sans nombre.
Mais l'esprit te précède et dissipe toute ombre,
Et, prophète vêtu d'aube au milieu des nuits,
S'ils te chassent, au moins c'est toi qui les conduis.

NÉANT

Raison qui nie et foi qui ment,
Bénédiction et blasphème,
Les dieux ploient tout superbement
Au joug d'un commun anathème.

La vie est un feu de sarment. —
Tout se tord et s'use soi-même
Sous l'impassible firmament
Dans une vanité suprême.

L'âme humaine est comme un foyer
Qu'un vent âpre fait flamboyer
Rouge et clair dans un ravin sombre :

L'immonde fumée a noirci
Les bois, mais c'est à peine si
Dans le ciel bleu rampe un peu d'ombre.

LA CHANSON DU POIGNARD D'ARGENT

Comme un cœur d'homme dans sa haine,
Comme un amour dans son serment,
Ma bonne lame dans sa gaine
Dort sous la chaude main d'Osman.

Je suis de Damas, en Syrie,
— Mauvais aux vivants, bon aux morts,
Un pays de franche tuerie
Où les crimes sont sans remords. —

Abdallah, que chacun regarde
Comme le chef des icoglans,
Dans les fils vermeils de ma garde
A serti trois rubis sanglants.

Chalcos le Grec, qu'Allah protège,
A mis sur mon pommeau d'onyx,
En diamants couleur de neige,
L'aigrette blanche d'un phénix.

J'ai la souplesse des couleuvres
Et l'éclat d'un ciel de printemps.
Tuer des rois, voilà mes œuvres,
Et les blesser, mes passe-temps.

Kantar, le Kurde au teint de cuivre,
Lourd d'opium, rêve aux houris.
Moi, c'est de sang que je m'enivre,
Et c'est à la mort que je ris.

Deux vieux fakirs venus du Gange
M'ont vendu pour mille sequins.
J'espère ne rien perdre au change :
Un schah au lieu de deux coquins!

Car c'est le maître, Osman le Juste,
Qui me caresse, et j'ai l'honneur
De tenir une place auguste
A la droite du Grand Seigneur.

J'apparais quand il délibère,
Je suis sa force et son conseil.
Son œil d'acier me réverbère,
Et mon éclair est son soleil.

Il me préfère aux courtisanes :
Pour me réchauffer, quand j'ai froid,
Dans les seins roses des sultanes
Osman me plonge, Osman est roi!

Djinghiz-Khan, qu'on disait timide,
Et qui dans ses jours triomphants,
Se bâtit une pyramide
De blonds petits crânes d'enfants;

Timour-Leng gorgé de carnage,
Qui, pour voir où mène un chemin,
Lançait son cheval à la nage
A travers l'océan humain;

Omar, nom que la gloire sacre,
Et qui fit, les yeux souriants,
Un si magnifique massacre
D'infidèles et de croyants;

Tous ces héros, khans, émirs, princes,
— Quand ils bâillaient d'ennui parfois
De ne plus voler de provinces
Ou de ne plus tuer de rois, —

Aiguisaient aux heures perdues
Mon clair acier damasquiné,
Et comme on taille des statues
Dans un marbre d'azur veiné,

Parmi les vermeilles esclaves
Qui leur tendaient leurs cous tremblants,
Calmes, ainsi qu'il sied aux braves,
Sculptaient de beaux cadavres blancs.

*

Mes cadavres, nus dans leur tombe,
A jamais dorment sous le ciel,
Car ma foi jamais ne succombe :
J'aime d'un amour éternel.

Ils sont là, dans le lit des noces,
Sous les courtines des cyprès,

Loin des hommes, traqueurs féroces,
Dans la sainteté des forêts.

L'intime tourmente est calmée :
Telle qu'un temple où tout bruit meurt,
Leur douce pensée est fermée
Aux ambitions en rumeur.

Et c'est ainsi que moi, je donne
Au captif, au déshérité;
A ceux que Dieu même abandonne,
Le repos de l'éternité.

J'apaise, j'absous, je délivre.
Contre l'espoir si doux au cœur,
Je défends ceux qui voudraient vivre,
Et par l'enfer je suis vainqueur!

LA CHANSON DU MOULIN

I

Tic, toc, mûm
Et vole, et vole,
O vent, ton aile folle
Caresse et frappe tour à tour,
Et je délire comme un cœur ivre d'amour.

II

Tic, toc, mûm
Et baise, et baise,
O vent, déploie à l'aise
Tes sauvages souffles amers,
Car tu m'apportes l'âme et le parfum des mers.

III

Tic, toc, mûm
Et chante, et chante,
O vent, ton cri m'enchante,
Car dans tes haleines je bois
La fierté des grands monts et la paix des grands bois.

IV

Tic, toc, mûm
Et pleure, et pleure,
O vent, la nuit m'effleure,
Comme si des morts avaient pris,
Blancs essaims au repos, mes voiles pour abris.

V

Tic, toc, mûm
Et passe, et passe,
O vent, fils de l'espace,
Où les étoiles font leur nid,
Jette à flots sur mon front l'air pur de l'infini.

VI

Tic, toc, mûm
Et dore, et dore
O vent, d'un peu d'aurore,
Le pauvre travailleur obscur,
Et d'en haut fais sur lui crouler un peu d'azur.

VII

Tic, toc, mûm
Et lève, et lève,
O vent, mon humble rêve
Dans ton hosannah triomphal,
O Vent aimé, chanteur errant de l'Idéal!

ESTOMPE

L'espace est encombré de formes brunes : l'œil
Clair et doré du jour qui tout à l'heure, au seuil
Du firmament, brillait plein de lueurs sereines,
S'est caché, ne laissant errer sur les haleines
Des souffles voyageurs qu'un ou deux rayons d'or
Dont les traces dans l'air brumeux se voient encor.

Hagardes et sans frein, comme un haut vol de grues,
Courent du nord au sud de fantastiques nues.
Par endroits roule un flot plus sinistre et plus gris :
Des lambeaux noirs, des pans de lumière en débris
Arrachés au ciel bleu par la morsure lente
De la nuit que l'éclat de la lune ensanglante.

A l'est, un lourd nuage étendu penche un front
Couronné de vapeurs, sur un oreiller rond
Que lui fait le brouillard énorme, et dort dans l'ombre.
Sa face se profile en blanc sur la nuit sombre;
Au fond du lit flottant le corps remue, et l'on
Croit voir un gros géant couché tout de son long.

LE GOLFE

C'est un golfe à l'abri des vents d'ouest. Les rafales
Qui torturent les flots des mers par intervalles,
Ignorent qu'il se cache ainsi de leurs courroux
Derrière un mur épais de noirs rochers jaloux.
Là-bas, dans l'océan tout gémit et tout pleure ;
Quelqu'un semble implorer de mourir avant l'heure,
Et dans cette agonie immense, chaque flot
Se traîne et sonne aussi tristement qu'un sanglot.

Lui, paisible et facile aux barques les plus frêles
Comme aux bleus alcyons qui se mouillent les ailes
En glissant de trop près sur son cristal uni,
Dort du calme sommeil de Dieu dans l'infini.

Le nuage lui jette en passant un peu d'ombre,
L'onde pour un instant devient austère et sombre
Comme un esprit humain qui soudain pense à Dieu.
Mais le nuage fuit et tout redevient bleu.
Rien ne peut réveiller cette splendeur sereine.
Pas de tumulte, ni d'imprécation vaine,
Pas de houle et toujours une égale torpeur,
Car l'éternel repos est l'éternel bonheur.

ANNÉE MORTE

Les durs frimas ont fait mourir les fleurs. L'année
Que le Temps jour à jour effeuille, s'est fanée;
L'hiver l'ensevelit dans ses derniers parfums.

Les derniers chants d'oiseaux ont sonné sur sa tombe
Où maintenant la neige à flocons pressés tombe.
Un oubli lent et doux sur les songes défunts,

Sur les désirs qu'un souffle a brûlés dès l'aurore,
Descend, pluie embaumée, et les caresse encore.
Et les amours anciens, faibles et vaporeux,

Comme les yeux éteints d'une femme flétrie,
A travers une pâle et tendre rêverie
Flottent dans la lueur des souvenirs heureux.

*

Cessant l'âpre combat qu'ils ont contre la vie,
Les cœurs laissent la voix de la mélancolie
Pleurer sur leurs erreurs et leurs illusions.

Pareils à l'ouragan qui tient sa violence
En suspens, ils ont mis leur orgueil au silence,
Et refréné l'élan de leurs ambitions.

Plus rien du grand fracas de la lutte farouche :
Mais des regrets poignants font crier chaque bouche,
Et les chagrins secrets qu'on cache en souriant,

S'éveillent dans le jour obscur des consciences,
Tels que ces revenants des antiques croyances
Que dès l'aube on voyait descendre à l'orient.

*

Que sous le tertre vert où les siècles sommeillent
Parmi l'essaim doré des gloires qui les veillent,
L'année, ainsi tombée, à jamais dorme en Dieu !

Que tout soit confondu dans le pardon suprême :
Les cris du désespoir et les cris du blasphème ;
Que les senteurs de l'air, vague et céleste adieu

Que le vent du midi sur ses brises apporte,
Bercent d'un long baiser notre espérance morte
Comme un baume parfume un blanc cadavre nu !

Car devant le destin qui flétrit sa jeunesse
L'esprit s'est retiré dans sa lâche tristesse,
Et stupide, il attend un sauveur inconnu.

LA VILLE ROYALE

Elle luit au désert comme un vermeil écrin
Qu'une main de déesse aurait jeté dans l'herbe.
Elle est belle, et l'on prend ses tours aux toits d'airain
Pour des épis de marbre amoncelés en gerbe.

Horus s'épand sur elle en flamboyants matins.
Osiris, dont Hermès interpréta le verbe,
Fait pour elle et pour lui deux parts de ses butins.
Elle est reine et triomphe, et sa gloire est superbe.

Ainsi que des saphirs sertis par des rubis,
Des paons ocellés d'or brillent près des ibis
Au bleu bandeau d'azur qui sur son front surplombe.

Thèbes l'Égyptienne, amante du dieu Ra,
Le monde entier connaît son nom, mais qui dira
Pourquoi Thèbes frissonne à l'heure où la nuit tombe ?

LA PRIMEVÈRE

Elle naquit un soir d'avril près d'un vieux mur.
Frêle et douce, un oiseau la broierait d'un coup d'aile ;
Rien au monde qui l'aime ou se souvienne d'elle,
Et pourtant son œil clair regarde vers l'azur.

Les chauds rayons d'été qui caressent les roses,
Les papillons, charmeurs quelquefois indiscrets,
Sur sa tige en tremblant ne se posent jamais :
Elle est seule au milieu de la foule des choses.

Ses blanches sœurs des prés, qu'elle ne connaît pas,
Boivent l'air pur des champs et s'enivrent de vie.
Elle, le jour la brûle, elle est maigre et flétrie ;
Mais un souffle murmure et lui parle tout bas.

Je ne sais qui lui dit que tout a sa chimère,
Que l'espérance éclôt aux cœurs les plus fanés,
Que c'est du paradis que rêvent les damnés,
Et que toute douleur terrestre est éphémère.

Et, recluse dans l'ombre, elle est joyeuse encor,
Car, hommes des cités, fleurs des monts, fleurs des plaines,
Êtres maudits, bénis, pleins d'amours ou de haines,
Tu planes sur nous tous, ô Dieu, comme un ciel d'or !

REGRET

O tous mes désirs, tous mes songes,
Tous mes chers oiseaux envolés,
Revenez, charmants exilés,
Et rendez-moi vos doux mensonges.

Leurrez-moi, trompez-moi toujours,
Chantez-moi vos chansons frivoles,
Et sur vos blanches ailes folles
Bercez mon âme et ses amours.

Un orage impie a fait taire
Sous ses blasphèmes odieux
Vos voix, qui montaient vers les dieux,
Comme le rire de la terre.

Les horizons se sont fermés
Devant votre audace punie.
La lumière, qui vous renie,
A fui vos yeux inanimés.

Vous êtes morts parmi l'ivresse
Et la volupté du printemps.
Vous êtes morts, et j'ai vingt ans :
Qui donc a maudit ma jeunesse ?

DÉSESPÉRÉ

O navire endormi dans la torpeur des eaux,
Le désir t'a quitté de voir les mers étranges
Et leurs rivages bleus, tout sonores d'oiseaux,
Et les cieux d'or ouvrant leurs lumineux arceaux
Au vol aventureux des aigles et des anges.

Quelle incantation te tient ainsi captif?
Un roulis mol et lent enchante ta carène,
Et tu n'as même pas le doux regret plaintif
Qui sourdement gémit dans tout être pensif;
Comme une fleur d'été, ta jeune âme est sereine.

Tu ne te souviens pas des rires printaniers
Que les joyeux vents d'Est, pleins d'haleines de roses,

Faisaient, quand tu partis, sonner dans tes huniers ;
Tu ne te souviens pas de tes gais mariniers,
Ni des chansons d'avril sur leurs lèvres écloses.

Comme ta fine quille, en s'enfuyant du port
Glissait légèrement sur la houle écumeuse !
— Vive le flot fougueux qui se cabre et qui mord !
La terre est bonne au plus pour endormir un mort.
Vive la mer sonore et la mer amoureuse !

Libre et beau, tu voguais vers l'inconnu, vers Dieu,
Par un charme indicible attiré sur les vagues.
Chaque étoile en passant t'envoyait son adieu,
Et la lune, gardienne éternelle du feu,
Parait toutes tes nuits de ses blonds reflets vagues.

O hardi voyageur, fort d'audace et de foi,
Les hommes saluaient ta divine vaillance.
Le caprice léger des vents était ta loi,
Et les grondants courroux qui mugissaient sous toi
Ne faisaient que bercer ton dédaigneux silence.

Et tu courais ainsi, par notre espoir suivi,
Derrière l'ouragan qui te frayait la place,

Malgré les sourds abois du gouffre inasservi,
Pendant qu'autour de toi les brises à l'envi
Sous leurs baisers ailés faisaient frémir l'espace.

Sur tes hauts mâts brûlait l'éclair, blanc diamant,
Que l'orage laissait tomber de sa couronne.
La foudre te traitait comme un royal amant,
Car qui dira jusqu'où t'a grandi ton tourment,
O lutteur qu'une gloire effrayante environne ?

*

Maintenant qu'a surgi l'horizon désiré,
Au lointain indécise encore, l'Atlantide,
Que tes vœux invoquaient avec un chant sacré,
De dessous les moiteurs d'un matin empourpré
Se dresse à ton regard dans sa fierté splendide,

Belle de la beauté de l'abîme, et plongeant
Vers l'éther, au-dessus du rocher qui les rive,
Ses pics neigeux plus clairs que des cônes d'argent.
— Et toi, sans volonté, tu flottes, en changeant
De flot, comme un cadavre énorme à la dérive.

Vois ! l'orient rougit sous un baiser vermeil.

Fleurs vivantes que l'aube abreuve de rosée,

Les îles, à demi rêveuses de sommeil,

Dans l'azur frissonnant se baignent au soleil.

Une lueur d'amour sur elles s'est posée.

Vois ! l'océan vaincu, Prométhée éternel

Et qui n'a même pas la mort pour espérance,

Sur son lit attiédi s'endort sous l'œil du ciel,

Et les astres, pareils à des flambeaux d'autel,

Allument sous la nue un feu de joie immense.

O morne vagabond, le bonheur t'est venu,

Et la gloire suprême où courait ton génie.

Devant toi l'Idéal éclate, entier et nu;

Mais ta jeunesse est morte, et ton amour perdu.

Hélas ! qui maintenant ranimera ta vie ?

Meurs donc, et laisse-toi prendre par l'océan.

Il t'enveloppera dans les plis d'une trombe,

Et sur le fond des eaux, cercueil toujours béant,

Te couchera dans la sainteté du néant,

Car le lit du repos, ô chercheur, c'est la tombe !

VISION ANTIQUE

Je vis passer de blonds essaims d'enfants rieurs
Encor tout frissonnants des fraîcheurs matinales.
Dans la pourpre tremblaient leurs têtes inégales,
Si bien qu'on eût cru voir au loin marcher des fleurs.

Hébé, chaste déesse immortellement pure,
Les conduisait parmi l'herbe haute des prés,
Vers le temple de marbre où les grands dieux sacrés
Reluisent dans la nuit, que leur blancheur azure.

Puis des vierges venaient, chœur doux et gracieux
Qui s'égrenait ainsi qu'un chapelet de roses.
La pudeur embaumait leurs amours encor closes,
Et l'aube même eût pu se mirer dans leurs yeux.

Chacune entre ses mains portait une corbeille
Tressée avec les jets flexibles d'un osier,
Et dont le fond, couvert de feuilles d'églantier,
Pliait en gémissant sous sa charge vermeille.

Les unes avaient pris ses fruits à l'oranger;
D'autres avaient cueilli la douce pêche blonde,
Ou la pomme aux tons clairs, qui le matin abonde,
Après un vent de nuit sous l'arbre du verger.

D'autres, le cou pressé d'un long ruban de baies
Qui, rouges, éclataient sur la neige des chairs,
Laissaient des fleurs s'enfuir de leurs doigts dans les airs
Et des rires charmants pendre à leurs lèvres gaies.

Ou, pieds nus, deux à deux, venant des champs voisins,
Contre leurs seins déjà gonflés, qu'un rayon dore,
Graves, elles serraient, tout humide d'aurore,
Une fraîche moisson de blondoyants raisins.

Le soleil, qui s'entr'ouvre ainsi qu'une fleur vive,
Riait à tous ces fruits vêtus de soie et d'or,
Et les parfums légers, prenant leur vague essor,
Se berçaient au-dessus de la campagne oisive.

Et des sources où l'herbe est plus verte qu'ailleurs,
Où croît l'amer cresson entre les lotus roses,
A travers l'air qui parle et dit de douces choses,
Par souffles arrivaient d'enivrantes senteurs.

Et les vierges, passant dans l'or du jour en flammes,
Qui sur leurs noirs cheveux jetait ses clairs réseaux,
Accordaient leur cantique aux chansons des oiseaux
Et mêlaient la nature et l'amour dans leurs âmes.

Je croyais voir d'en haut avec l'aube venir
Vers la Terre, où tout pas humain grave une ride,
Tous les dieux du Printemps et de l'Été splendide,
Apportant dans leurs yeux un nouvel avenir.

Et je pus concevoir ce qu'il faut de jeunesse
Pour ranimer un monde usé par la douleur,
Et ce qu'il faut d'amour et de sainte candeur
Pour qu'en un cœur flétri l'espoir divin renaisse.

Ils allaient et venaient sur les places publiques.

Plus nombreux qu'un essaim d'insectes fantastiques

Que la voix d'un sorcier appelle des buissons.

Ils jetaient aux échos des cris ou des chansons.

Les pierres résonnaient de leurs plaintes funèbres,

Dont le sourd grondement traînait dans les ténèbres,

Et l'atmosphère tiède et sereine, qui dort

Là-bas dans l'éther bleu sous un nuage d'or,

Riait de temps en temps en les voyant sourire.

Moi, je les regardais passer dans leur délire.

Tous m'étaient inconnus : je n'avais pas d'ami

Dans cet étrange chœur qui chante ou qui gémit.

Mais comme ils avaient tous une figure humaine,
La tristesse monta dans mon âme hautaine;
Et, plein d'une lugubre amertume, en pensant
A la mort, qui viendrait frapper chaque passant,
Que leur bouche me dît : Je te hais, ou je t'aime,
Je les saluai tous d'un doux adieu suprême.

CAUCHEMAR

L'azur se fendit en abîme,
Un énorme trou se creusa,
Puis — était-ce folie ou crime ? —
Quelqu'un dans l'ombre me poussa.

J'entendis un éclat de rire
Dans le ciel, qui se repliait.
Vain combat ! j'avais le délire,
Et le vertige me liait.

Un démon affola ma course
A travers les espaces bleus,
Où les soleils prennent leur source
Au fond des chaos nébuleux.

Je tombais toujours. Les comètes,
De sphère en sphère voltigeant,
Me caressaient de leurs aigrettes
Et de leurs éventails d'argent.

Étais-je un astre ? étais-je un monde ?
J'étais plus beau que Lucifer.
Mais la descente était profonde,
Et tout au bas béait l'enfer.

Un vent, chassant sous la nuée,
Lança son perfide réseau
Sur ma pauvre âme exténuée,
Qui fut prise comme un oiseau.

L'éclair agita sur ma tête
Les flammes de son pavillon.
Je m'évanouis : la tempête
M'emporta dans un tourbillon.

Quand je rouvris les yeux, dans l'ombre
Je pus voir un peu de gazon ;
Mais devant moi tout était sombre,
Et je n'avais plus d'horizon !

II

Terreur. Je suis au fond d'un gouffre,
Un jour tremblant et presque noir,
A travers une odeur de soufre,
Glisse du ciel dans l'entonnoir.

Lisse, hautain, inexorable,
Autour de moi monte le mur
Jusqu'à l'ouverture adorable
Où bleuit un fragment d'azur.

Là-haut, quand le ciel est sans voile,
Je vois passer de temps en temps
Une rêveuse et pâle étoile,
Errant sourire du printemps.

Par la claire crevasse étroite
D'où tombe son regard discret,
Elle verse sa lueur droite
Sur le prisonnier au secret.

Elle me parle des nuages
Et de ce qui m'aimait jadis,
Des souvenirs et des présages,
De la terre et du paradis.

Toute pitié de moi s'isole,
Tout amour en moi s'est éteint ;
Mais une étoile me console,
Car j'ai l'idéal pour destin.

Je ne demande pas ma grâce ;
Sans ployer je subis mon sort.
Ma constance n'est jamais lasse,
Et, pour vaincre, j'attends la mort.

SUPER MARE

Quand mon âme frémit et bouillonne, insensée,
Avide d'inconnu, toute au mal du désir;
Quand, flot battu des vents en courroux, ma pensée,
Qui monte en s'accroissant, se rue à l'avenir;

Quand il n'est plus d'écueils que la vague lancée
Ne franchisse d'un bond et comme avec plaisir;
Quand les passions, foule incessante et pressée,
Mugissent dans mon cœur tremblant, qu'ils font gémir.

Alors, levant au ciel un regard d'espérance,
Je dis à Dieu, vers qui se tourne ma souffrance :
« Faites mon cœur plus dòux et le flot moins amer. »

Et le vent devient brise et le mal devient joie :
Sur mon cœur apaisé le calme se déploie,
Et j'aperçois Jésus, qui marche sur la mer.

RAYON DE MIDI

Elle était belle à voir, sous sa capuche rose,
Avec la flamme au fond de ses yeux bleus éclose
Et les frémissements sur ses lèvres posés;
Et ses cils blonds tremblaient, tout à coup caressés
Par un rayon venu du ciel par la fenêtre.
Sans mentir, on eût dit qu'elle s'efforçait d'être
Féroce, car son front prenait un air méchant.
Vite on alla baisser le long rideau devant
Ces doux yeux qu'aveuglait un peu de jour : la mine
Boudeuse redevint charmante, et l'on devine
Quels rires jaillissaient, et quels propos heureux,
Quelle joie à la ronde ils se passaient entre eux!
Mais elle regardait, recueillie et plus sombre,
Leurs grands yeux transparaître et briller mieux dans l'ombre.

AU PASSEREAU DE LESBIE

(D'APRÈS CATULLE)

Cher passereau, délice ailé de ma maîtresse,
Qui te glisses, vivante et soyeuse caresse,
Entre ses deux seins nus gonflés de volupté,
Toi qu'elle agace et gronde, et laisse en liberté
Mordre amoureusement sa belle chair de neige ;
Tu lui fais aux détours de ton charmant manège,
Dès qu'elle pense à moi, s'égarer ses regrets. —
Oh ! pour calmer mes feux d'amour, que je voudrais,
Comme elle, gai joueur, chassant de ma pensée
Les douloureux soucis dont elle est oppressée,
Lutiner et m'ébattre avec toi sous les bois !
Et je serais heureux, heureux comme autrefois.

Atalante aux pieds prompts, poursuivant Hippomène,
Quand, prise au piège d'or de l'Anadyomène,
Dénouant sa ceinture et livrant sa beauté,
Elle lui fit le don de sa virginité.

LE DIEU DES JARDINS

(D'APRÈS CATULLE)

Jeunes gens, cet enclos, cette chaumière grise,
Au toit d'ajoncs tressés, près du marais assise,
C'est moi qui les protége et qui leur ris, heureux
De voir la douce paix descendre ainsi sur eux,
Moi, dieu fruste, à demi prisonnier en ma gaine
Et qu'un lourd paysan a taillé dans un chêne.
Les deux pauvres colons me tiennent en honneur,
Et je suis leur génie autant que leur seigneur.
L'un, le père, soigneux, garde que ma statue,
En hiver par la pluie et par le vent battue,
Ne verdisse sous l'herbe et les lierres glacés.
L'autre, le fils, au temps où les froids sont passés,

6

Chargeant ses frêles mains de nombreuses offrandes,
Tantôt pose à mon front des roses en guirlandes,
Ou, des dons du printemps me faisant un décor,
M'orne d'épis laiteux et verdoyants encor,
De pavots purpurins, de pommes parfumées,
Ou d'opulents raisins, grappes d'or brun semées
Dans le riche velours du pampre rougissant.
Quelquefois même (mais taisez ceci) le sang
D'une chèvre aux pieds durs ou d'un bouc au poil sombre,
Sur cet autel fleuri qu'un vert trophée encombre,
Devant ma calme image à flots vermeils coula.
Et pour prix des honneurs augustes que voilà,
Je protège le maître, et son champ, et sa vigne.
Jeunes gens, gardez-vous de toute audace indigne.
Près d'ici, le voisin est riche et négligent,
Son Priape s'endort d'un sommeil indulgent,
L'ombre du bois vous cache, et la proie est certaine.
Allez chez lui : suivez ce sentier, il y mène.

VERS LE SOIR

Il n'est pas de retraite, il n'est pas de ramure
Où la tristesse n'entre avec un sourd murmure.
La forêt tait son hymne, et le nid sa chanson ;
Un même deuil confond la plaine et l'horizon.
Sur les étangs, encor chauds du reflet solaire,
Le crépuscule étend un crêpe funéraire,
Et les monts, dans la brume à l'occident décrus,
Semblent des guerriers morts, du combat disparus.

La dernière clarté, rêve égaré d'un ange,
S'évapore, et le ciel, tantôt joyeux, se change
En lugubre nuée, et s'emplit de frissons.

C'est l'heure où les grands loups hurlent sous les buissons.

Au nord, où peu à peu déborde la nuit brune,
Radieux, s'arrondit le disque de la lune ;
Et le voyageur pâle et furtif, contemplant
Cet œil doré, tout grand ouvert, presque tremblant
Sous les cils vaguement estompés des nuages
Et parfois tout à coup voilé d'ombres sauvages,
Se demande, en plongeant dans l'air noir son regard,
Que cette vision affole et rend hagard,
Quelle vierge divine, et douce, et malheureuse,
Sous le masque vermeil de sa face rêveuse,
Fixe sur lui, du fond du ciel, jusques au jour,
Son œil éblouissant, plein d'un étrange amour.

QUE RESTE-T-IL?

Libre ou non, la nature hésite.
Un rien la fait changer de plan.
Elle élève tout au plus vite
Et renverse tout d'un élan.

Qu'un être meure, un autre arrive,
L'épreuve est tentée à nouveau,
La nature, étant plus pensive,
Médite un chef-d'œuvre plus beau.

Son essai se poursuit sans trêve.
Le monde lui sert de chantier.
Mais l'œuvre jamais ne s'achève,
Et le concept en reste entier.

6.

Ainsi, l'esprit forme et déforme
L'idée à peine mise au jour.
Et de tout ce travail énorme
Que reste-t-il ? Un peu d'amour.

LE MENDIANT

I

La Nature n'est plus l'ardente enchanteresse.
Tout est mort, les épis, les nids et les bluets.
Qui voudra désormais me verser son ivresse?
Je n'attends rien des Dieux, depuis longtemps muets.

Je tends la main à tous les passants de ma route,
Mendiant oublié des heureux, mais qui fait
En ceux dont la douleur dans sa plainte s'écoute,
Naître sinistrement un horrible souhait.

La grâce et la fraîcheur, hélas! s'en sont allées
Aux froides régions dont rien ne revient plus.
Les nuits, les lourdes nuits des âmes désolées
Noient dans la même brume et sous le même flux

Les objets qui charmaient ma naïve espérance,
Et jusqu'aux souvenirs des bonheurs d'autrefois.
Tout mon esprit n'est plus que vague indifférence,
Toutes ses volontés s'éteignant à la fois.

II

Sais-je une illusion qui me captive encore?
Non. Les vents sont tombés, et le désert est clos
Où l'inspiration sur ma lèvre sonore
Jetait l'enthousiasme et la vie à pleins flots.

Sous l'arche de brouillards des cieux mélancoliques,
Émergeant de la boue et des joncs du fossé,
Mes ruines — ce sont là toutes mes reliques —
Sont les muets témoins d'un orgueil terrassé.

Une opaque vapeur traîne sur les futaies;
Des gramens assombris aux bouleaux moins distincts
Qui barrent l'horizon de leurs immenses raies,
Flotte la demi-nuit des couchants presque éteints.

Des corbeaux ennuyés croassent leurs oracles;
Nul ne prête l'oreille à ces magiciens;
Et le soleil voilé rentre en ses tabernacles,
Car il a ses amours, comme l'homme a les siens.

III

Au moins, si je m'enfonce aux calmes solitudes,
Peut-être y trouverai-je un lit d'or et du miel.
— Vivre, c'est renier les lâches quiétudes,
C'est être Prométhée, et c'est voler le ciel.

La tâche est grande. On dit qu'aux plis de son suaire
Ce siècle moribond bientôt emportera
Les Dieux, déjà branlant au fond du sanctuaire,
Et que de ces vieillards plus rien ne survivra.

Va donc. Verse ton sang dans ces veines flétries.
Ramène la beauté sur ce corps affaibli ;
Ou si tout doit périr de tant d'âmes chéries
Et tout de tant d'éclat s'obscurcir dans l'oubli,

Gardant un souvenir aux gloires respectées,
D'artiste et de croyant dis-leur ton noble adieu ;
Puis, comme fit Platon, peuplant l'azur d'idées,
Avec ton propre songe élève un nouveau Dieu.

IV

— Mais je suis harassé. Le désespoir me dompte :
Il m'étreint et me veut boire à satiété.
Ma jeunesse rougit de la précoce honte
Dont cette passion souille ma liberté.

D'autres accompliront les œuvres entrevues.
Quelqu'un saura dresser les socles de granit
D'où les divinités nouvelles, toutes nues,
Déploieront leur blancheur jusqu'au dernier zénith.

Pour le moment, je vais où mon instinct me pousse,
Je cherche la clarté dans les champs flamboyants,
La chaleur dans les cieux, la fraîcheur dans la mousse,
La joie au bord des mers et des torrents bruyants.

Mais les champs sont obscurs, et les cieux pleins de neige,
La mousse est desséchée et n'offre plus d'abri,
L'Océan se débat sous l'hiver qui l'assiége :
La Nature se plaint, et je n'ai pas un cri !

V

Allons ! qui versera son amour dans ma coupe?
Qui rendra l'espérance à mes vingt ans ? Au loin
S'en vont vers le soleil, gaie et chantante troupe,
Tous les heureux qui n'ont ni désir ni besoin.

Malheur à moi ! Le rire est fané sur mes lèvres.
Je me suis trop penché par dessus l'horizon.
Abîme décevant et plein d'étranges fièvres,
La pensée infinie affole ma raison.

Quand tout s'évanouit de l'extase sacrée,
Seul, et sans m'attacher à rien, baissant les yeux,
Je tâche d'oublier ma pensée adorée,
Et je me prends parfois à blasphémer les cieux.

Mais le Destin n'a pu faire qu'une seule âme
Niât la volupté d'aimer et de souffrir. —
Toujours sentir l'amour renaître de sa flamme,
Toujours dans notre cœur sentir un Dieu mourir !

QU'ES-TU?

— Qu'es-tu ? Ton regard s'use à déchiffrer la vie.
Tu t'enfermes en toi comme dans une tour.
Ton âme solitaire, au fond des cieux ravie,
Est un lieu de silence où se tait tout amour.

La Nature pourtant t'invite à son orgie.
Un air de volupté circule tout autour.
Ramène vers le sol ta trop haute énergie,
Et prends enfin ta part de ces fêtes d'un jour.

— L'homme et Dieu sont en moi : je les pèse, et je pense.
Le subtil idéal par l'instinct se compense.
Mon choix n'est pas entier de l'ombre ou la clarté.

Tout mon être s'accorde en un juste équilibre.

Ni Ciel ni Terre, aucun joug, c'est là ma fierté.

Je suis un rêve, un souffle, un parfum, je suis libre !

AUBE DE DÉCEMBRE

Pâle et vain s'enfuit le fantôme;
Blonde et légère, l'aube aussi
S'évapore dans un arome
Sous le ciel à peine éclairci.

Comme une divine pensée
Qui s'égare dans l'air humain,
Elle tombe, tout embrasée,
Sur le givre froid du chemin.

Un nuage alourdit ses ailes. —
Pareils à l'Esprit qui descend
Dans la nuit des hontes charnelles
Du haut d'un rêve éblouissant,

Ses rayons, que l'ombre submerge,
— Neige d'or des soleils divins,
Perdent leur sainte blancheur vierge
Dans les marais ou les ravins.

Au flanc des monts elle s'émousse :
A peine peut-elle poser
Sur le frais velours de la mousse
Un timide et pâle baiser.

La forêt se ferme, farouche,
La fleur sous la neige s'endort ;
Et c'est en vain qu'elle la touche
Du bout de sa baguette d'or.

Au printemps, elle était charmeuse,
Elle éveillait les bourgeons verts
Et dorait la plaine brumeuse
En lançant ses feux au travers.

Juillet est mort. Tout est de glace
Sur la colline et dans le pré.
L'aube flotte sans trouver place
Sous l'horizon décoloré.

O vierge ailée, aube, remonte
Dans ton limpide azur natal.
Laisse cette Terre et sa honte,
Laisse l'homme pour l'idéal.

Déployant ton essor, revole
Vers le ciel d'où tu descendis,
Et reprends ta pure auréole,
Blanche sainte du paradis !

LES INVAINCUS

À Alfred de Vigny.

I

COMBAT

Votre honneur a gardé sa pureté de cygne,
Montez haut dans la gloire, aussi haut que des dieux,
Car nos lauriers humains mettraient une ombre indigne
Sur la sérénité de vos fronts radieux.

Vous avez combattu de l'aube au crépuscule,
Sans bouclier, sans glaive, ainsi que les vrais Forts.
Devant personne, hélas ! le destin ne recule,
Mais vous, quand il cria : Vainqueur ! vous étiez morts.

Il n'a pu vous traîner vivants dans votre honte,
Ni se servir de vous comme d'un escabeau.
D'autres lui courberont une échine plus prompte,
Vous, ô héros, soyez rois du fond du tombeau !

La pourpre qui vous vêt n'est qu'un affreux suaire,
Mais vos yeux sans regards conservent leur orgueil,
Une grave leçon sort de votre ossuaire,
Et nous vous écoutons parler dans le cercueil.

Vous criez à vos fils d'être toujours fidèles
Au serment de combat que vous avez juré,
De ne point avilir leurs âmes immortelles
Dans un loisir honteux sous un joug exécré.

Mais de se redresser, fiers de leur haute taille,
Gardant les biens anciens, sans désir de butin,
Et de perpétuer la divine bataille
Que depuis six mille ans l'homme livre au destin.

— Nous vous obéirons, ô maîtres ! Pas de trêve
Que nous n'ayons conquis par une âpre vertu,
Pour prix du long tourment souffert pour notre rêve,
La couronne promise à qui s'est bien battu !

Nous ne trahirons pas votre immortelle cause,
Ni l'honneur de lutter contre un tel ennemi :
Plus ardue est l'épreuve, et plus grand est qui l'ose
Et nous ne voulons pas être grands à demi.

La résignation est la vertu du lâche.
Il est d'un noble cœur de rester indompté,
De vouloir et non pas de subir une tâche,
Et d'accroître sa gloire avec sa liberté.

Notre humaine fierté vient d'un désir sublime,
L'Éden n'est qu'un regret, le ciel est un espoir.
Nous montons de la plaine et marchons vers la cime,
Car la terre est la honte, et le ciel, le devoir.

La Douleur a déjà sacré notre courage, —
Pâle vierge aux yeux clos, dont chaque homme est l'amant.
— Notre dédain est mûr et peut porter l'outrage,
Et nous sommes de force à tenir un serment.

L'enthousiasme habite en nos jeunes poitrines
Comme un dieu descendu dans la nuit de la chair,
Et notre esprit, porté sur les hauteurs divines,
Reluit sous l'idéal comme un ciel sous l'éclair.

II

ESSOR

Nos âmes passeront sur le monde, légères
Comme un vol de ramiers glissant sur les forêts,
Sans s'abattre jamais dans l'ombre des fougères
Où l'éternel chasseur a disposé ses rets.

Elles n'emporteront des plaines traversées
Que les parfums errants dans l'air supérieur,
Que le songe idéal qui monte des pensées
Et l'idéal amour qui s'envole du cœur.

Elles ont rejeté leur entrave grossière.
L'instinct ne retient plus leurs ailes en prison ;
Comme un astre gravite en sa propre lumière,
Leur seule volonté se meut en leur raison.

Le chœur aérien des jeunes Espérances,
Si douces à quiconque est plaintif et maudit,
Les arrache du joug des humaines souffrances
Et les entraîne au loin vers le bonheur prédit.

Au plus haut de l'azur elles volent, bénies.
Sans crainte des douleurs qui sont filles du mal,
Mais par une pitié triste toujours unies
Au monde gémissant qui pleure l'idéal.

La grande voix des mers, des bois et des vallées,
Autour d'elles élève un murmure joyeux
Et met tant de douceur dans ses notes ailées,
Qu'elle se mêle aux voix des sphères dans les cieux.

La Nature s'éprend de ces âmes rêveuses.
Comme un parfum léger bercé dans une fleur,
Sous l'ombre de velours des nuits voluptueuses,
Son jeune amour s'endort dans leur jeune candeur.

Mais rien ne ralentit leur essor vers l'espace,
Ni les plaintes des cœurs ni les chants des oiseaux.
Avec le vent qui vole et le rayon qui passe,
Elles flottent dans l'air sur les champs et les eaux.

L'infini s'ouvre à vous, ô vierges solitaires,
Ames dont la pensée est le mystique époux.
Le ciel n'a plus de nuits, la foi plus de mystères,
La vérité rayonne, et l'homme est à genoux.

L'esprit s'est enivré d'extase et de lumière
Comme d'ombre et d'amour s'est enivré le cœur :
La chair qui le liait est tombée en poussière,
Et le destin succombe, et l'esprit est vainqueur.

Tout s'ordonne là-bas pour la noce éternelle.
Les astres dans l'éther perdent leurs lustres d'or.
C'est la fête idéale, ardente, universelle,
C'est l'hymne qui renaît quand la plainte s'endort.

O fier Esprit humain, va d'étoile en étoile :
Ce n'est pas trop d'un ciel pour tes grandes amours,
Plus ta pensée est haute et plus Dieu se dévoile
Comme un soleil lointain qui grandit tous les jours !

TABLE

IMPRIMÉ PAR A. QUANTIN

ANCIENNE MAISON J. CLAYE

POUR

ALPHONSE LEMERRE, ÉDITEUR

A PARIS

www.ingramcontent.com/pod-product-compliance
Lightning Source LLC
Chambersburg PA
CBHW060820250626
47162CB00005B/1878